KB085198

진달래꽃

진달래꽃

김소월 지음

한국 시집 초간본 100주년 기념판 — 하늘

일러두기

1. 이 책의 텍스트는 1925년 12월 26일에 발행된 『진달래꽃』의 초간본이다.
2. 표기는 원칙적으로 현행 맞춤법에 따랐다. 그러나 특별한 시적 효과와 관련된다고 판단되는 경우는 원문의 표기를 그대로 두었다.
3. 한자는 한글로 고치되, 꼭 필요한 경우는 괄호 처리 하였다.
4. 편자 주는 후주로 처리하였다.
5. 한 편의 시가 다음 면으로 이어질 때 연이 나뉘면 첫 번째 행 상단에 줄 비움 기호(>)를 넣어 구분하였다.

님에게

봄밤

두 사람

무주공산

한때 한때

반달

귀뚜라미

바다가 변하여 뽕나무밭 된다고

여름의 달밤

버려진 몸

고독

여수

진달래꽃

꽃 촉불 켜는 밤

금잔디

닭은 꼬끼오

님에게

먼 후일

먼 훗날 당신이 찾으시면
그때에 내 말이 〈잊었노라〉

당신이 속으로 나무라면
〈무척 그리다가 잊었노라〉

그래도 당신이 나무라면
〈믿기지 않아서 잊었노라〉

오늘도 어제도 아니 잊고
먼 훗날 그때에 〈잊었노라〉

풀따기

우리 집 뒷산에는 풀이 푸르고
숲 사이의 시냇물, 모래 바닥은
파아란 풀 그림자, 떠서 흘러요.

그리운 우리 님은 어디 계신고.
날마다 피어나는 우리 님 생각.
날마다 뒷산에 홀로 앉아서
날마다 풀을 따서 물에 던져요.

흘러가는 시내의 물에 흘러서
내어 던진 풀잎은 옅게 떠갈 제
물살이 해적해적 품을 헤쳐요.

그리운 우리 님은 어디 계신고.
가엾은 이내 속을 둘 곳 없어서
날마다 풀을 따서 물에 던지고
흘러가는 잎이나 맘해 보아요.

바다

뛰노는 흰 물결이 일고 또 잦는
붉은 풀이 자라는 바다는 어디

고기잡이꾼들이 배 위에 앉아
사랑 노래 부르는 바다는 어디

파랗게 좋이 물든 남빛 하늘에
저녁놀 스러지는 바다는 어디

곳없이 떠다니는 늙은 물새가
떼를 지어 좇니는 바다는 어디

건너서서 저편은 딴 나라이라
가고 싶은 그리운 바다는 어디

산위에

산 위에 올라서서 바라다보면
가로막힌 바다를 마주 건너서
님 계시는 마을이 내 눈앞으로
꿈하늘 하늘같이 떠오릅니다

흰 모래 모래 비낀 선창가에는
한가한 뱃노래가 멀리 잦으며
날 저물고 안개는 깊이 덮여서
흩어지는 물꽃뿐 아득합니다*

이윽고 밤 어두워* 물새가 울면
물결조차 하나둘 배는 떠나서
저 멀리 한바다로 아주 바다로
마치 가랑잎같이 떠나갑니다

나는 혼자 산에서 밤을 새우고
아침해 붉은 볕에 몸을 씻으며

귀 기울고 솔곳이 엿듣노라면
님 계신 창 아래로 가는 물노래

흔들어 깨우치는 물노래에는
내 님이 놀라 일어 찾으신대도
내 몸은 산 위에서 그 산 위에서
고이 깊이 잠들어 다 모릅니다

옛이야기

고요하고 어두운 밤이 오면은
어스레한 등불에 밤이 오면은
외로움에 아픔에 다만 혼자서
하염없는 눈물에 저는 웁니다

제 한 몸도 예전엔 눈물 모르고
조그마한 세상을 보냈습니다
그때는 지난날의 옛이야기도
아무 설움 모르고 외웠습니다

그런데 우리 님이 가신 뒤에는
아주 저를 버리고 가신 뒤에는
전날에 제게 있던 모든 것들이
가지가지 없어지고 말았습니다

그러나 그 한때에 외워 두었던
옛이야기뿐만은 남았습니다

나날이 짙어 가는 옛이야기는
부질없이 제 몸을 울려 줍니다

님의 노래

그리운 우리 님의 맑은 노래는
언제나 제 가슴에 젖어 있어요

긴 날을 문밖에서 서서 들어도
그리운 우리 님의 고운 노래는
해 지고 저물도록 귀에 들려요
밤들고 잠들도록 귀에 들려요

고이도 흔들리는 노랫가락에
내 잠은 그만이나 깊이 들어요
고적한 잠자리에 홀로 누워도
내 잠은 포스근히 깊이 들어요

그러나 자다 깨면 님의 노래는
하나도 남김없이 잃어버려요
들으면 듣는 대로 님의 노래는
하나도 남김없이 잊고 말아요

실제(失題)

동무들 보십시오 해가 집니다
해 지고 오늘날은 가노랍니다
웃옷을 재빨리 입으십시오
우리도 산마루로 올라갑시다

동무들 보십시오 해가 집니다
세상의 모든 것은 빛이 납니다
인제는 주춤주춤 어둡습니다
예서 더 저문 때를 밤이랍니다

동무들 보십시오 밤이 옵니다
박쥐가 발부리에 일어납니다
두 눈을 인제 그만 감으십시오
우리도 골짜기로 내려갑시다

님의 말씀

세월이 물과 같이 흐른 두 달은
길어 둔 독의 물도 찌었지마는*
가면서 함께 가자 하던 말씀은
살아서 살을 맞는 표적이외다

봄풀은 봄이 되면 돋아나지만
나무는 밑그루를 꺾인 셈이요
새라면 두 죽지가 상한 셈이라
내 몸에 꽃 필 날은 다시 없구나

밤마다 닭 소리라 날이 첫 시(時)면
당신의 넋 맞으러 나가 볼 때요
그믐에 지는 달이 산에 걸리면
당신의 길신가리* 차릴 때외다

세월은 물과 같이 흘러가지만
가면서 함께 가자 하던 말씀은

당신을 아주 잊던 말씀이지만
죽기 전 또 못 잊을 말씀이외다

님에게

한때는 많은 날을 당신 생각에
밤까지 새운 일도 없지 않지만
아직도 때마다는 당신 생각에
추거운* 베갯가의 꿈은 있지만

낯모를 딴 세상의 네길거리에
애달피 날 저무는 갓 스물이요
캄캄한 어두운 밤 들에 헤매도
당신은 잊어버린 설움이외다

당신을 생각하면 지금이라도
비 오는 모래밭에 오는 눈물의
추거운 베갯가의 꿈은 있지만
당신은 잊어버린 설움이외다

마른 강 둔덕에서

서리 맞은 잎들만 쌓일지라도*
그 밑이야 강물의 자취 아니랴
잎새 위에 밤마다 우는 달빛이
흘러가던 강물의 자취 아니랴

빨래 소리 물소리 선녀의 노래
물 스치던 돌 위엔 물때뿐이라
물때 묻은 조약돌 마른 갈숲이
이제라고 강물의 터야 아니랴

빨래 소리 물소리 선녀의 노래
물 스치던 돌 위엔 물때뿐이라

봄밤

봄밤

실버드나무의 거무스레한 머릿결인 낡은 가지에
제비의 넓은 깃나래의 감색 치마에
술집의 창 옆에, 보아라, 봄이 앉았지 않은가.

소리도 없이 바람은 불며, 울며, 한숨지어라
아무런 줄도 없이 섧고 그리운 새카만 봄밤
보드라운 습기는 떠돌며 땅을 덮어라.

밤

홀로 잠들기가 참말 외로워요
맘에는 사무치도록 그리워 와요
이리도 무던히
아주 얼굴조차 잊힐 듯해요.

벌써 해가 지고 어두운데요,
이곳은 인천의 제물포, 이름난 곳,
부슬부슬 오는 비에 밤이 더디고
바닷바람이 춥기만 합니다.

다만 고요히 누워 들으면
다만 고요히 누워 들으면
하이얗게 밀려드는 봄 밀물이
눈앞을 가로막고 흐느낄 뿐이어요.

꿈꾼 그 옛날

밖에는 눈, 눈이 와라,
고요히 창 아래로는 달빛이 들어라.
어스름 타고서 오신 그 여자는
내 꿈의 품속으로 들어와 안겨라.

나의 베개는 눈물로 함빡이 젖었어라.
그만 그 여자는 가고 말았느냐.
다만 고요한 새벽, 별 그림자 하나가
창틈을 엿보이라.

꿈으로 오는 한 사람

나이 자라지면서 가지게 되었노라
숨어 있던 한 사람이, 언제나 나의,
다시 깊은 잠 속의 꿈으로 와라
불그레한 얼굴에 가늣한 손가락의,
모르는 듯한 거동도 전날의 모양대로
그는 야젓이 나의 팔 위에 누워라
그러나, 그래도 그러나!
말할 아무것이 다시 없는가!
그냥 먹먹할 뿐, 그대로
그는 일어라. 닭의 홰치는 소리.
깨어서도 늘, 길거리의 사람을
밝은 대낮에 빗보고는 하노라

두사람

눈 오는 저녁

바람 자는 이 저녁
흰 눈은 퍼붓는데
무엇 하고 계시나
같은 저녁 금년(今年)은……

꿈이라도 꾸면은!
잠들면 만날런가.
잊었던 그 사람은
흰 눈 타고 오시네.

저녁때. 흰 눈은 퍼부어라.

자주 구름

물 고운 자주 구름,
하늘은 개어 오네.
밤중에 몰래 온 눈
솔숲에 꽃 피었네.

아침 볕 빛나는데
알알이 뛰노는 눈

밤새에 지난 일은……
다 잊고 바라보네.

움직거리는 자주 구름.

두 사람

흰 눈은 한 잎
또 한 잎
영(嶺) 기슭을 덮을 때.
짚신에 감발하고 길짐 메고*
우뚝 일어나면서 돌아서도……
다시금 또 보이는,
다시금 또 보이는.

닭소리

그대만 없게 되면
가슴 뒤노는* 닭 소리 늘 들어라.

밤은 아주 새어 올 때
잠은 아주 달아날 때

꿈은 이루기 어려워라.

저리고 아픔이여
살기가 왜 이리 고달프냐.

새벽 그림자 산란한 들풀 위를
혼자서 거닐어라.

못 잊어

못 잊어 생각이 나겠지요,
그런 대로 한세상 지내시구려,
사노라면 잊힐 날 있으리다.

못 잊어 생각이 나겠지요,
그런 대로 세월만 가라시구려,
못 잊어도 더러는 잊히오리다.

그러나 또 한껏 이렇지요,
〈그리워 살뜰히 못 잊는데,
어쩌면 생각이 떠지나요?〉

예전엔 미처 몰랐어요

봄 가을 없이 밤마다 돋는 달도
〈예전엔 미처 몰랐어요.〉

이렇게 사무치게 그리울 줄도
〈예전엔 미처 몰랐어요.〉

달이 암만 밝아도 쳐다볼 줄을
〈예전엔 미처 몰랐어요.〉

이제금 저 달이 설움인 줄은
〈예전엔 미처 몰랐어요.〉

자나 깨나 앉으나 서나

자나 깨나 앉으나 서나
그림자 같은 벗 하나가 내게 있었습니다.

그러나, 우리는 얼마나 많은 세월을
쓸데없는 괴로움으로만 보내었겠습니까!

오늘은 또다시, 당신의 가슴속, 속 모를 곳을
울면서 나는 휘저어 버리고 떠납니다그려.

허수한 맘, 둘 곳 없는 심사에 쓰라린 가슴은
그것이 사랑, 사랑이던 줄이 아니도 잊힙니다.

해가 산마루에 저물어도

해가 산마루에 저물어도
내게 두고는 당신 때문에 저뭅니다.

해가 산마루에 올라와도
내게 두고는 당신 때문에 밝은 아침이라고 할 것입니다.

땅이 꺼져도 하늘이 무너져도
내게 두고는 끝까지 모두 다 당신 때문에 있습니다.

다시는, 나의 이러한 맘뿐은, 때가 되면,
그림자같이 당신한테로 가오리다.

오오, 나의 애인이었던 당신이여.

무주공산

나의 김억 씨에게

소월

꿈

닭 개 짐승조차도 꿈이 있다고
이르는 말이야 있지 않은가,
그러하다, 봄날은 꿈꿀 때.
내 몸에야 꿈이나 있으랴,
아아 내 세상의 끝이여,
나는 꿈이 그리워, 꿈이 그리워.

맘 켕기는 날

오실 날
아니 오시는 사람!
오시는 것 같게도
맘 켕기는 날!
어느덧 해도 지고 날이 저무네!

하늘 끝

불현듯
집을 나서 산을 치달아
바다를 내다보는 나의 신세여!
배는 떠나 하늘로 끝을 가누나!

개미

진달래꽃이 피고
바람은 버들가지에서 울 때,
개미는
허리 가늣한 개미는
봄날의 한나절, 오늘 하루도
고달피 부지런히 집을 지어라.

제비

하늘로 날아다니는 제비의 몸으로도
일정한 깃을 두고 돌아오거든!
어찌 섧지 않으랴, 집도 없는 몸이야!

부엉새

간밤에
뒤창 밖에
부엉새가 와서 울더니,
하루를 바다 위에 구름이 캄캄.
오늘도 해 못 보고 날이 저무네.

만리성

밤마다 밤마다
온 하룻밤!
쌓았다 헐었다
긴 만리성!

수아(樹芽)

섧다 해도
웬만한,
봄이 아니어,
나무도 가지마다 눈을 텄어라!

한때 한때

담배

나의 긴 한숨을 동무하는
못 잊게 생각나는 나의 담배!
내력을 잊어버린 옛 시절에
났다가 새 없이 몸이 가신
아씨님 무덤 위의 풀이라고
말하는 사람도 보았어라.
어물어물 눈앞에 스러지는 검은 연기,
다만 타 붙고 없어지는 불꽃.
아 나의 괴로운 이 맘이여.
나의 하염없이 쓸쓸한 많은 날은
너와 한가지로 지나가라.

실제(失題)

이 가람과 저 가람이 모두 처흘러
그 무엇을 뜻하는고?

미더움을 모르는 당신의 맘

죽은 듯이 어두운 깊은 골의
꺼림칙한 괴로운 몹쓸 꿈의
퍼르죽죽한 불길은 흐르지만
더듬기에 지친 두 손길은
불어 가는 바람에 식히셔요
밝고 호젓한 보름달이
새벽에 흔들리는 물노래로
수줍음에 추움에 숨을 듯이
떨고 있는 물 밑은 여기외다.

미더움을 모르는 당신의 맘

저 산과 이 산이 마주 서서
그 무엇을 뜻하는고?

어버이

잘살며 못살며 할 일이 아니라
죽지 못해 산다는 말이 있나니,
바이 죽지 못할 것도 아니지마는
금년에 열네 살, 아들딸이 있어서
순복의 아버님은 못하노란다.

부모

낙엽이 우수수 떨어질 때,
겨울의 기나긴 밤,
어머님하고 둘이 앉아
옛이야기 들어라.

나는 어쩌면 생겨 나와
이 이야기 듣는가?
묻지도 말아라, 내일 날에
내가 부모 되어서 알아보랴?

후살이

홀로된 그 여자
근일에 와서는 후살이 간다 하여라.
그렇지 않으랴, 그 사람 떠나서
이제* 십 년, 저 혼자 더 산 오늘날에 와서야……
모두 다 그럴듯한 사람 사는 일에요.

잊었던 맘

집을 떠나 먼 저곳에
외로이도 다니던 내 심사를!
바람 불어 봄꽃이 필 때에는,
어찌타 그대는 또 왔는가,
저도 잊고 나니 저 모르던 그대
어찌하여 옛날의 꿈조차 함께 오는가.
쓸데도 없이 서럽게만 오고 가는 맘.

봄비

어룰업시 지는 꽃은 가는 봄인데
어룰업시 오는 비에 봄은 울어라.
서럽다, 이 나의 가슴속에는!
보라, 높은 구름나무의 푸릇한 가지.
그러나 해 늦으니 어스름인가.
애달피 고운 비는 그어 오지만
내 몸은 꽃자리에 주저앉아 우노라.

비단안개

눈들이 비단 안개에 둘릴 때,
그때는 차마 잊지 못할 때러라.
만나서 울던 때도 그런 날이요,
그리워 미친 날도 그런 때러라.

눈들이 비단 안개에 둘릴 때,
그때는 홀목숨은 못 살 때러라.
눈 풀리는 가지에 당치마귀로
젊은 계집 목매고 달릴 때러라.

눈들이 비단 안개에 둘릴 때,
그때는 종달새 솟을 때러라.
들에랴, 바다에랴, 하늘에서랴,
알지 못할 무엇에 취할 때러라.

눈들이 비단 안개에 둘릴 때,
그때는 차마 잊지 못할 때러라.

첫사랑 있던 때도 그런 날이요,
영이별 있던 날도 그런 때러라.

기억

달 아래 싀멋없이* 섰던 그 여자,
서 있던 그 여자의 해쓱한 얼굴,
해쓱한 그 얼굴 적이 파릇함.
다시금 실벗듯한 가지 아래서
시커먼 머리낄*은 번쩍거리며.
다시금 하룻밤의 식는 강물을
평양의 긴 단장은 숫고 가던 때.
오오 그 싀멋없이 섰던 여자여!

그립다 그 한밤을 내게 가깝던
그대여 꿈이 깊던 그 한동안을
슬픔에 귀여움에 다시 사랑의
눈물에 우리 몸이 맡기웠던 때.
다시금 고즈넉한 성 밖 골목의
사월의 늦어 가는 뜬눈의 밤을
한두 개 등불 빛은 울어 새던 때.
오오 그 싀멋없이 섰던 여자여!

애모

왜 아니 오시나요.
영창에는 달빛, 매화꽃이
그림자는 산란히 휘젓는데.
아이. 눈 꽉 감고 요대로 잠을 들자.

저 멀리 들리는 것!
봄철의 밀물 소리
물나라의 영롱한 구중궁궐, 궁궐의 오요한* 곳,
잠 못드는 용녀(龍女)의 춤과 노래, 봄철의 밀물 소리.

어두운 가슴속의 구석구석……
환연한 거울 속에, 봄구름 잠긴 곳에,
소솔비 내리며, 달무리 둘려라.
이대도록 왜 아니 오시나요. 왜 아니 오시나요.

몹쓸 꿈

봄 새벽의 몹쓸 꿈
깨고 나면!
우짖는 까막까치, 놀라는 소리,
너희들은 눈에 무엇이 보이느냐.

봄철의 좋은 새벽, 풀 이슬 맺혔어라.
볼지어다, 세월은 도무지 편안한데,
두서없는 저 까마귀, 새들게 우짖는 저 까치야,
나의 흉한 꿈 보이느냐?

고요히 또 봄바람은 봄의 빈 들을 지나가며,
이윽고 동산에서는 꽃잎들이 흩어질 때,
말 들어라, 애틋한 이 여자야, 사랑의 때문에는
모두 다 사나운 조짐인 듯, 가슴을 뒤놓아라.

그를 꿈꾼 밤

야밤중, 불빛이 발갛게
어렴풋이 보여라.

들리는 듯, 마는 듯,
발자국 소리.
스러져 가는 발자국 소리.

아무리 혼자 누워 몸을 뒤채도
잃어버린 잠은 다시 안 와라.

야밤중, 불빛이 발갛게
어렴풋이 보여라.

여자의 냄새

푸른 구름의 옷 입은 달의 냄새.
붉은 구름의 옷 입은 해의 냄새.
아니 땀 냄새, 때 묻은 냄새.
비에 맞아 추거운 살과 옷 냄새.

푸른 바다…… 어즈리는 배……
보드라운 그리운 어떤 목숨의
조그마한 푸릇한 그무러진 영(靈)
어우러져 비끼는 살의 아우성……

다시는 장사(葬死) 지나간 숲속의 냄새.
유령 실은 널뛰는 뱃간의 냄새.
생고기의 바다의 냄새.
늦은 봄의 하늘을 떠도는 냄새.

모래 둔덕 바람은 그물 안개를 불고
먼 거리의 불빛은 달 저녁을 울어라.

냄새 많은 그 몸이 좋습니다.
냄새 많은 그 몸이 좋습니다.

분 얼굴

불빛에 떠오르는 새뽀얀 얼굴,
그 얼굴이 보내는 호젓한 냄새,
오고 가는 입술의 주고받는 잔,
가느스름한 손길은 아른대어라.*

거무스레하면서도 불그스레한
어렴풋하면서도 다시 분명한
줄그늘 위에 그대의 목놀이,
달빛이 수풀 위를 떠 흐르는가.

그대하고 나하고 또는 그 계집
밤에 노는 세 사람, 밤의 세 사람,
다시금 술잔 위의 긴 봄밤은
소리도 없이 창밖으로 새어 빠져라.

아내몸

들고 나는 밀물에
배 떠나간 자리야 있으랴.
어진 아내인 남의 몸인 그대요
〈아주, 엄마 엄마라고 불리우기 전에.〉

굴뚝이기에 연기가 나고
돌바위 아니기에 좀이 들어라.
젊으나 젊으신 청하늘인 그대요,
〈착한 일 하신 분네는 천당 가옵시리다.〉

서울밤

붉은 전등.
푸른 전등.
널따란 거리면 푸른 전등.
막다른 골목이면 붉은 전등.
전등은 반짝입니다.
전등은 그물댑니다.
전등은 또다시 어스렷합니다.
전등은 죽은 듯한 긴 밤을 지킵니다.

나의 가슴의 속 모를 곳의
어둡고 밝은 그 속에서도
붉은 전등이 흐득여 웁니다,
푸른 전등이 흐득여 웁니다.

붉은 전등.
푸른 전등.
머나먼 밤하늘은 새카맙니다.

머나먼 밤하늘은 새카맙니다.

서울 거리가 좋다고 해요,
서울 밤이 좋다고 해요.
붉은 전등.
푸른 전등.
나의 가슴의 속 모를 곳의
푸른 전등은 고적합니다.
붉은 전등은 고적합니다.

반달

가을아침에

어둑한 퍼스레한 하늘 아래서
회색의 지붕들은 번쩍거리며,
성깃한 섶나무의 드문 수풀을
바람은 오다가다 울며 만날 때,
보일락 말락 하는 멧골에서는
안개가 어스러히 흘러 쌓여라.

아아 이는 찬비 온 새벽이러라.
냇물도 잎새 아래 얼어붙누나.
눈물에 싸여 오는 모든 기억은
피 흘린 상처조차 아직 새로운
가주난* 아기같이 울며 서두는
내 영을 에워싸고 속살거려라.

〈그대의 가슴속이 가비엽던 날
그리운 그 한때는 언제였었나!〉
아아 어루만지는 고운 그 소리

쓰라린 가슴에서 속살거리는,
미움도 부끄럼도 잊은 소리에,
끝없이 하염없이 나는 울어라.

가을 저녁에

물은 희고 길구나, 하늘보다도.
구름은 붉구나, 해보다도.
서럽다, 높아 가는 긴 들 끝에
나는 떠돌며 울며 생각한다, 그대를.

그늘 깊어 오르는 발 앞으로
끝없이 나아가는 길은 앞으로.
키 높은 나무 아래로, 물마을은
성깃한 가지가지 새로 떠오른다.

그 누가 온다고 한 언약도 없건마는!
기다려 볼 사람도 없건마는!
나는 오히려 못물가를 싸고 떠돈다.
그 못물로는 놀이 잦을 때.

반달

희멀끔하여 떠돈다, 하늘 위에,
빛 죽은 반달이 언제 올랐나!
바람은 나온다, 저녁은 춥구나,
흰 물가엔 뚜렷이 해가 드누나.

어두컴컴한 풀 없는 들은
찬 안개 위로 떠 흐른다.
아, 겨울은 깊었다, 내 몸에는,
가슴이 무너져 내려앉는 이 설움아!

가는 님은 가슴의 사랑까지 없애고 가고
젊음은 늙음으로 바뀌어 든다.
들가시나무의 밤드는 검은 가지
잎새들만 저녁 빛에 희끄무레히 꽃 지듯 한다.

귀뚜라미

만나려는 심사

저녁 해는 지고서 어스름의 길,
저 먼 산엔 어두워 잃어진 구름,
만나려는 심사는 웬 셈일까요,
그 사람이야 올 길 바이없는데,
밤길은 누 마중을 가잔 말이냐.
하늘엔 달 오르며 우는 기러기.

옛낯

생각의 끝에는 졸음이 오고
그리움의 끝에는 잊음이 오나니,
그대여, 말을 말아라, 이후부터,
우리는 옛낯 없는 설움을 모르리.

깊이 믿던 심성

깊이 믿던 심성(心誠)이 황량한 내 가슴속에,
오고 가는 두서너 구우(舊友)를 보면서 하는 말이
〈인제는, 당신네들도 다 쓸데없구려!〉

꿈

꿈? 영(靈)의 해적임. 설움의 고향.
울자, 내 사랑, 꽃 지고 저무는 봄.

님과 벗

벗은 설움에서 반갑고
님은 사랑에서 좋아라.
딸기꽃 피어서 향기로운 때를
고초(苦椒)의 붉은 열매 익어 가는 밤을
그대여, 부르라, 나는 마시리.

지연

오후의 네길거리 해가 들었다,

시정(市井)의 첫겨울의 적막함이여,

우둑히 문어귀에 혼자 섰으면,

흰 눈의 잎사귀, 지연(紙鳶)이 뜬다.

오시는 눈

땅 위에 새하얗게 오시는 눈.
기다리는 날에는 오시는 눈.
오늘도 저 안 온 날 오시는 눈.
저녁불 켤 때마다 오시는 눈.

설움의 덩이

꿇어앉아 올리는 향로의 향불.

내 가슴에 조그만 설움의 덩이.

초닷새 달 그늘에 빗물이 운다.

내 가슴에 조그만 설움의 덩이.

낙천(樂天)

살기에 이러한 세상이라고
맘을 그렇게나 먹어야지,
살기에 이러한 세상이라고,
꽃 지고 잎 진 가지에 바람이 운다.

바람과 봄

봄에 부는 바람, 바람 부는 봄,
작은 가지 흔들리는 부는 봄바람,
내 가슴 흔들리는 바람, 부는 봄,
봄이라 바람이라 이내 몸에는
꽃이라 술잔이라 하며 우노라.

눈

새하얀 흰 눈, 가볍게 밟을 눈,

재 같아서 날릴 듯 꺼질 듯한 눈,

바람엔 흩어져도 불길에야 녹을 눈.

계집의 마음. 님의 마음.

깊고 깊은 언약

몹쓸 꿈을 깨어 돌아누울 때,
봄이 와서 멧나물 돋아 나올 때,
아름다운 젊은이 앞을 지날 때,
잊어버렸던 듯이 저도 모르게,
얼결에 생각나는 〈깊고 깊은 언약〉

붉은 조수

바람에 밀려드는 저 붉은 조수(潮水)

저 붉은 조수가 밀려들 때마다

나는 저 바람 위에 올라서서

푸릇한 구름의 옷을 입고

불 같은 저 해를 품에 안고

저 붉은 조수와 나는 함께

뛰놀고 싶구나, 저 붉은 조수와.

남의 나라 땅

돌아다보이는 무쇠다리
얼결에 뛰어 건너서서
숨 고르고 발 놓는 남의 나라 땅.

천리만리

말리지 못할 만치 몸부림하며
마치 천리만리나 가고도 싶은
맘이라고나 하여 볼까.
한 줄기 쏜살같이 뻗은 이 길로
줄곧 치달아 올라가면
불붙는 산의, 불붙는 산의
연기는 한두 줄기 피어올라라.

생과 사

살았대나 죽었대나 같은 말을 가지고
사람은 살아서 늙어서야 죽나니,
그러하면 그 역시 그럴 듯도 한 일을,
하필코 내 몸이라 그 무엇이 어째서
오늘도 산마루에 올라서서 우느냐.

어인(漁人)

헛된 줄 모르고나 살면 좋아도!
오늘도 저 너머 편 마을에서는
고기잡이배 한 척 길 떠났다고.
작년에도 바닷놀이 무서웠건만.

귀뚜라미

산바람 소리.

찬비 듣는 소리.

그대가 세상 고락 말하는 날 밤에,

순막집* 불도 지고 귀뚜라미 울어라.

월색(月色)

달빛은 밝고 귀뚜라미 울 때는
우둑히 멋없이 잡고 섰던 그대를
생각하는 밤이여, 오오 오늘 밤
그대 찾아 데리고 서울로 가나?

바다가 변하여 뽕나무밭 된다고

불운에 우는 그대여

불운에 우는 그대여, 나는 아노라
무엇이 그대의 불운을 지었는지도,
부는 바람에 날려,
밀물에 흘러,
굳어진 그대의 가슴속도.
모두 지나간 나의 일이면.
다시금 또 다시금
적황의 포말은 북고여라, 그대의 가슴속의
암청의 이끼여, 거친 바위
치는 물가의.

바다가 변하여 뽕나무밭 된다고

걷잡지 못할 만한 나의 이 설움,
저무는 봄 저녁에 져가는 꽃잎,
져가는 꽃잎들은 나부끼어라.
예로부터 일러 오며 하는 말에도
바다가 변하여 뽕나무밭 된다고.
그러하다, 아름다운 청춘의 때의
있다던 온갖 것은 눈에 설고
다시금 낯모르게 되나니,
보아라, 그대여, 서럽지 않은가,
봄에도 삼월의 져가는 날에
붉은 피같이도 쏟아져 내리는
저기 저 꽃잎들을, 저기 저 꽃잎들을.

황촉불

황촉(黃燭)불, 그저도 까맣게
스러져 가는 푸른 창을 기대고
소리조차 없는 흰 밤에,
나는 혼자 거울에 얼굴을 묻고
뜻 없이 생각 없이 들여다보노라.
나는 이르노니, 〈우리 사람들
첫날 밤은 꿈속으로 보내고
죽음은 조는 동안에 와서,
별 좋은 일도 없이 스러지고 말아라.〉

맘에 있는 말이라고 다 할까 보냐

하소연하며 한숨을 지으며
세상을 괴로워하는 사람들이여!
말을 나쁘지 않도록 좋이 꾸밈은
닳아진 이 세상의 버릇이라고, 오오 그대들!
맘에 있는 말이라고 다 할까 보냐.
두세 번 생각하라, 우선 그것이
저부터 밑지고 들어가는 장사일진댄.
사는 법이 근심은 못 가른다고,
남의 설움을 남은 몰라라.
말 마라, 세상, 세상 사람은
세상의 좋은 이름 좋은 말로써
한 사람을 속옷마저 벗긴 뒤에는
그를 네길거리에 세워 놓아라, 장승도 마치 한가지.
이 무슨 일이냐, 그날로부터,
세상 사람들은 제가끔 제 비위의 헐한 값으로
그의 몸값을 매기자고* 덤벼들어라.
오오 그러면, 그대들은 이후에라도
하늘을 우러르라, 그저 혼자, 섧거나 괴롭거나.

훗길

어버이님네들이 외우는 말이
〈딸과 아들을 기르기는
훗길을 보자는 심성이노라.〉
그러하다, 분명히 그네들도
두 어버이 틈에서 생겼어라.
그러나 그 무엇이냐, 우리 사람!
손 들어 가리키는 먼 훗날에
그네들이 또다시 자라 커서
한길같이 외우는 말이
〈훗길을 두고 가자는 심성으로
아들딸을 늙도록 기르노라.〉

부부

오오 아내여, 나의 사랑!
하늘이 묶어 준 짝이라고
믿고 삶이 마땅치 아니한가.
아직 다시 그러랴, 안 그러랴?
이상하고 별난 사람의 맘,
저 몰라라, 참인지, 거짓인지?
정분으로 얽은 딴 두 몸이라면.
서로 어그점*인들 또 있으랴.
한평생이라도 반백 년
못 사는 이 인생에!
연분의 긴 실이 그 무엇이랴?
나는 말하려노라, 아무러나,
죽어서도 한곳에 묻히더라.

나의 집

들가에 떨어져 나가 앉은 멧기슭의
넓은 바다의 물가 뒤에,
나는 지으리, 나의 집을,
다시금 큰길을 앞에다 두고.
길로 지나가는 그 사람들은
제가끔 떨어져서 혼자 가는 길.
하이얀 여울턱에 날은 저물 때.
나는 문간에 서서 기다리리
새벽 새가 울며 지새는 그늘로
세상은 희게, 또는 고요하게,
번쩍이며 오는 아침부터,
지나가는 길손을 눈여겨보며,
그대인가고, 그대인가고.

새벽

낙엽이 발이 숨는 못물가에
우뚝우뚝한 나무 그림자
물빛조차 어슴프레 떠오르는데,
나 혼자 섰노라, 아직도 아직도,
동녘 하늘은 어두운가.
천인(天人)에도 사랑 눈물, 구름 되어,
외로운 꿈의 베개 흐렸는가.
나의 님이여, 그러나 그러나
고이도 불그스레 물 질러 와라
하늘 밟고 저녁에 섰는 구름.
반달은 중천에 지새일 때.

구름

저기 저 구름을 잡아타면
붉게도 피로 물든 저 구름을,
밤이면 새카만 저 구름을.
잡아타고 내 몸은 저 멀리로
구만 리 긴 하늘을 날아 건너
그대 잠든 품속에 안기렸더니,
애스러라, 그리는 못한대서,
그대여, 들으라 비가 되어
저 구름이 그대한테로 내리거든,
생각하라, 밤저녁, 내 눈물을.

여름의 달밤

여름의 달밤

서늘하고 달 밝은 여름밤이여
구름조차 희미한 여름밤이여
그지없이 거룩한 하늘로서는
젊음의 붉은 이슬 젖어 내려라.

행복의 맘이 도는 높은 가지의
아슬아슬 그늘 잎새를
배불러 기어 도는 어린 벌레도
아아 모든 물결은 복 받았어라.

번어 번어 오르는 가시덩굴도
희미하게 흐르는 푸른 달빛이
기름 같은 연기에 멱 감을러라.
아아 너무 좋아서 잠 못 들어라.

우긋한 풀대들은 춤을 추면서
갈잎들은 그윽한 노래 부를 때.

오오 내려 흔드는 달빛 가운데
나타나는 영원을 말로 새겨라.

자라는 물벼 이삭 벌에서 불고
마을로 은(銀) 숫듯이 오는 바람은
눅잦히는* 향기를 두고 가는데
인가들은 잠들어 고요하여라.

하루 종일 일하신 아기 아버지
농부들도 편안히 잠들었어라.
영 기슭의 어둑한 그늘 속에선
쇠스랑과 호미뿐 빛이 피어라.

이윽고 식새리*의 우는 소리는
밤이 들어가면서 더욱 잦을 때
나락밭 가운데의 우물가에는
농녀(農女)의 그림자가 아직 있어라.

>

달빛은 그물대며 넓은 우주에
잃어졌다 나오는 푸른 별이요.
식새리의 울음이 넘는 곡조요.
아아 기쁨 가득한 여름밤이여.

삼간집에 불붙는 젊은 목숨의
정열에 목메이는 우리 청춘은
서느러운 여름밤 잎새 아래의
희미한 달빛 속에 나부끼어라.

한때의 자랑 많은 우리들이여
농촌에서 지내는 여름보다도
여름의 달밤보다 더 좋은 것이
인간에 이 세상에 다시 있으랴.

조그만 괴로움도 내어 버리고
고요한 가운데서 귀 기울이며

흰 달의 금물결에 노를 저어라
푸른 밤의 하늘로 목을 놓아라.

아아 찬양하여라 좋은 한때를
흘러가는 목숨을 많은 행복을.
여름의 어스레한 달밤 속에서
꿈같은 즐거움의 눈물 흘러라.

오는 봄

봄날이 오리라고 생각하면서
쓸쓸한 긴 겨울을 지나 보내라.
오늘 보니 백양(白楊)의 벋은 가지에
전에 없이 흰 새가 앉아 울어라.

그러나 눈이 깔린 둔덕 밑에는
그늘이냐 안개냐 아지랑이냐.
마을들은 곳곳이 움직임 없이
저편 하늘 아래서 평화롭건만.

새들게 지껄이는 까치의 무리.
바다를 바라보며 우는 까마귀.
어디에서 오는지 종경 소리는
젊은 아기 나가는 조곡일러라.

보라 때에 길손도 머뭇거리며
지향 없이 갈 발이 곳을 몰라라.

사무치는 눈물은 끝이 없어도
하늘을 쳐다보는 삶의 기쁨.

저마다 외로움의 깊은 근심이
오도 가도 못하는 망상거림에
오늘은 사람마다 님을 여의고
곳을 잡지 못하는 설움일러라.

오기를 기다리는 봄의 소리는
때로 여윈 손끝을 울릴지라도
수풀 밑에 서리운 머리낄들은
걸음걸음 괴로이 발에 감겨라.

물마름

주으린* 새 무리는 마른 나무의
해 지는 가지에서 재갈이던 때.
온종일 흐르던 물 그도 곤하여
놀 지는 골짜기에 목이 메던 때.

그 누가 알았으랴 한쪽 구름도
걸려서 흐득이는 외로운 영(嶺)을
숨차게 올라서는 여윈 길손이
달고 쓴 맛이라면 다 겪은 줄을.

그곳이 어디더냐 남이 장군이
말 먹여 물 찌었던 푸른 강물이
지금에 다시 흘러 둑을 넘치는
천백 리 두만강이 예서 백십 리.

무산(茂山)의 큰 고개가 예가 아니냐
누구나 예로부터 의를 위하여

싸우다 못 이기면 몸을 숨겨서
한때의 못난이가 되는 법이라.

그 누가 생각하랴 삼백 년 래(來)에
차마 받지 다 못할 한과 모욕을
못 이겨 칼을 잡고 일어섰다가
인력의 다함에서 스러진 줄을.

부러진 대쪽으로 활을 메우고
녹쓸은 호미쇠로 칼을 벼려서
다독(茶毒)된 삼천리에 북을 울리며
정의의 기를 들던 그 사람이여.

그 누가 기억하랴 다북동(茶北洞)에서
피 물든 옷을 입고 외치던 일을
정주성 하룻밤의 지는 달빛에
애끊긴 그 가슴이 숯이 된 줄을.

>

물 위의 뜬 마름에 아침 이슬을

불붙는 산마루에 피었던 꽃을

지금에 우러르며 나는 우노라

이루며 못 이룸에 박(薄)한 이름을.

버려진 몸

우리 집

이 바루*
외따로 와 지나는 사람 없으니
〈밤 자고 가자〉 하며 나는 앉아라.

저 멀리 하늘 편에
배는 떠나 나가는
노래 들리며

눈물은
흘러내려라
스르르 내려 감는 눈에.

꿈에도 생시에도 눈에 선한 우리 집
또 저 산 넘어 넘어
구름은 가라.

들도리

들꽃은
피어
흩어졌어라.

들풀은
들로 한 벌 가득히 자라 높았는데,
뱀의 헐벗은 묵은 옷은
길분전의 바람에 날아돌아라.

저 보아, 곳곳이 모든 것은
번쩍이며 살아 있어라.
두 나래 펼쳐 떨며
소리개도 높이 떴어라.

때에 이내 몸
가다가 또다시 쉬기도 하며,
숨에 찬 내 가슴은

기쁨으로 채워져 사뭇 넘쳐라.

걸음은 다시금 또 더 앞으로……

버려진 몸

꿈에 울고 일어나
들에
나와라.

들에는 소슬비
머구리는 울어라.
풀 그늘 어두운데

뒷짐 지고 땅 보며 머뭇거릴 때.

누가 반딧불 꾀어드는 수풀 속에서
〈간다 잘 살아라〉 하며, 노래 불러라.

엄숙

나는 혼자 뫼 위에 올랐어라.

솟아 퍼지는 아침 햇볕에

풀잎도 번쩍이며

바람은 속삭여라.

그러나

아아 내 몸의 상처받은 맘이여

맘은 오히려 저프고 아픔에 고요히 떨려라

또 다시금 나는 이 한때에

사람에게 있는 엄숙을 모두 느끼면서.

바라건대는 우리에게 우리의 보습 대일 땅이 있었다면

나는 꿈꾸었노라, 동무들과 내가 가지런히
벌가의 하루 일을 다 마치고
석양에 마을로 돌아오는 꿈을,
즐거이, 꿈 가운데.

그러나 집 잃은 내 몸이여,
바라건대는 우리에게 우리의 보습 대일 땅이 있었다면!
이처럼 떠돌으랴, 아침에 저물 손에
새라 새로운 탄식을 얻으면서.

동이랴, 남북이랴,
내 몸은 떠가나니, 볼지어다,
희망의 반짝임은, 별빛이 아득임은.
물결뿐 떠올라라, 가슴에 팔다리에.

그러나 어쩌면 황송한 이 심정을! 날로 나날이 내 앞에는
자칫 가는 길이 이어가라. 나는 나아가리라

한 걸음, 또 한 걸음. 보이는 산비탈엔

온 새벽 동무들 저 저 혼자…… 산경(山耕)을 김매이는.

밭고랑 위에서

우리 두 사람은
키 높이 가득 자란 보리밭, 밭고랑 위에 앉았어라.
일을 필하고 쉬는 동안의 기쁨이여.
지금 두 사람의 이야기에는 꽃이 필 때.

오오 빛나는 태양은 내려쪼이며
새 무리들도 즐거운 노래, 노래 불러라.
오오 은혜여, 살아 있는 몸에는 넘치는 은혜여,
모든 은근스러움이 우리의 맘속을 차지하여라.

세계의 끝은 어디? 자애의 하늘은 넓게도 덮였는데,
우리 두 사람은 일하며, 살아 있어서,
하늘과 태양을 바라보아라, 날마다 날마다도,
새라 새로운 환희를 지어내며, 늘 같은 땅 위에서.

다시 한번 활기 있게 웃고 나서, 우리 두 사람은
바람에 일리는 보리밭 속으로

호미 들고 들어갔어라, 가지런히 가지런히,

걸어 나아가는 기쁨이여, 오오 생명의 향상이여.

저녁때

마소의 무리와 사람들은 돌아들고, 적적히 빈 들에,
억머구리 소리 우거져라.
푸른 하늘은 더욱 낮추, 먼 산 비탈길 어둔데
우뚝우뚝한 드높은 나무, 잘새도 깃들어라.

볼수록 넓은 벌의
물빛을 물끄러미 들여다보며
고개 수그리고 박은 듯이 홀로 서서
긴 한숨을 짓느냐. 왜 이다지!

온 것을 아주 잊었어라, 깊은 밤 예서 함께
몸이 생각에 가비엽고, 맘이 더 높이 떠오를 때.
문득, 멀지 않은 갈숲 새로
별빛이 솟구어라.

합장

나들이. 단 두 몸이라. 밤 빛은 배어 와라.
아, 이거 봐, 우거진 나무 아래로 달 들어라.
우리는 말하며 걸었어라, 바람은 부는 대로.

등불 빛에 거리는 해적여라, 희미한 하늘 편에
고이 밝은 그림자 아득이고
퍽도 가까인, 풀밭에서 이슬이 번쩍여라.

밤은 막 깊어, 사방은 고요한데,
이마즉, 말도 안 하고, 더 안 가고,
길가에 우두커니. 눈 감고 마주 서서.

먼먼 산. 산 절의 절 종소리. 달빛은 지새어라.

묵념

이슥한 밤, 밤 기운 서늘할 제
홀로 창턱에 걸터앉아, 두 다리 늘이고,
첫 머구리 소리를 들어라.
애처롭게도, 그대는 먼저 혼자서 잠드누나.

내 몸은 생각에 잠잠할 때. 희미한 수풀로서
촌가의 액맥이제 지나는 불빛은 새어 오며,
이윽고, 비난수*도 머구리 소리와 함께 잦아져라.
가득히 차오는 내 심령은…… 하늘과 땅 사이에.

나는 무심히 일어 걸어 그대의 잠든 몸 위에 기대어라
움직임 다시 없이, 만뢰는 구적(俱寂)한데,
희요(熙耀)히 내려비추는 별빛들이
내 몸을 이끌어라, 무한히 더 가깝게.

고독

열락(悅樂)

어둡게 깊게 목메인 하늘.
꿈의 품속으로서 굴러 나오는
애달피 잠 안 오는 유령의 눈결.
그림자 검은 개버드나무에
쏟아져 내리는 비의 줄기는
흐느껴 비끼는 주문의 소리.

시커먼 머리채 풀어헤치고
아우성 하면서 가시는 따님.
헐벗은 벌레들은 꿈틀일 때,
흑혈(黑血)의 바다. 고목 동굴.
탁목조(啄木鳥)의
쪼아리는 소리, 쪼아리는 소리.

무덤

그 누가 나를 헤내는 부르는 소리
불그스름한 언덕, 여기저기
돌무더기도 움직이며, 달빛에,
소리만 남은 노래 서러워 엉겨라,
옛 조상들의 기록을 묻어 둔 그곳!
나는 두루 찾노라, 그곳에서,
형적 없는 노래 흘러 퍼져,
그림자 가득한 언덕으로 여기저기,
그 누구가 나를 헤내는 부르는 소리
부르는 소리, 부르는 소리,
내 넋을 잡아끌어 헤내는 부르는 소리.

비난수하는 맘

함께하려노라, 비난수하는 나의 맘,
모든 것을 한 짐에 묶어 가지고 가기까지,
아침이면 이슬 맞은 바위의 붉은 줄로,
기어오르는 해를 바라다보며, 입을 벌리고.

떠돌아라, 비난수하는 맘이여, 갈매기같이,
다만 무덤뿐이 그늘을 어른대는 하늘 위를,
바닷가의. 잃어버린 세상의 있다던 모든 것들은
차라리 내 몸이 죽어 가서 없어질 것만도 못하건만.

또는 비난수하는 나의 맘, 헐벗은 산 위에서,
떨어진 잎 타서 오르는, 낸내*의 한 줄기로,
바람에 나부껴라 저녁은, 흩어진 거미줄의
밤에 맺었던 이슬은 곧 다시 떨어진다고 할지라도.

함께하려 하노라, 오오 비난수하는 나의 맘이여,
있다가 없어지는 세상에는

오직 날과 날이 닭 소리와 함께 달아나 버리며,

가까운, 오오 가까운 그대뿐이 내게 있거라!

찬저녁

퍼르스레한 달은, 성황당의
데군데군 헐어진 담 모도리*에
우둑히 걸리었고, 바위 위의
까마귀 한 쌍, 바람에 나래를 펴라.

엉기한* 무덤들은 들먹거리며,
눈 녹아 황토 드러난 멧기슭의,
여기라, 거리 불빛도 떨어져 나와,
집 짓고 들었노라, 오오 가슴이여

세상은 무덤보다도 다시 멀고
눈물은 물보다 더 더움이 없어라.
오오 가슴이여, 모닥불 피어오르는
내 한세상, 마당가의 가을도 갔어라.

그러나 나는, 오히려 나는
소리를 들어라, 눈석임물이 씨거리는*

땅 위에 누워서, 밤마다 누워,

담 모도리에 걸린 달을 내가 또 봄으로.

초혼(招魂)

산산이 부서진 이름이여!
허공중에 헤어진 이름이여!
불러도 주인 없는 이름이여!
부르다가 내가 죽을 이름이여!

심중에 남아 있는 말 한마디는
끝끝내 마저 하지 못하였구나.
사랑하던 그 사람이여!
사랑하던 그 사람이여!

붉은 해는 서산마루에 걸리었다.
사슴의 무리도 슬피 운다.
떨어져 나가 앉은 산 위에서
나는 그대의 이름을 부르노라.

설움에 겹도록 부르노라.
설움에 겹도록 부르노라.

부르는 소리는 비껴가지만
하늘과 땅 사이가 너무 넓구나.

선 채로 이 자리에 돌이 되어도
부르다가 내가 죽을 이름이여!
사랑하던 그 사람이여!
사랑하던 그 사람이여!

여수

여수(旅愁)

1

유월 어스름 때의 빗줄기는
암황색의 시골(屍骨)을 묶어 세운 듯,
뜨며 흐르며 잠기는 손의 널쪽은
지향도 없어라, 단청(丹青)의 홍문(紅門)!

2

저 오늘도 그리운 바다,
건너다보자니 눈물겨워라!
조그마한 보드라운 그 옛적 심정의
분결 같던 그대의 손의
사시나무보다도 더한 아픔이
내 몸을 에워싸고 휘떨며 찔러라,
나서 자란 고향의 해 돋는 바다요.

진달래꽃

개여울의 노래

그대가 바람으로 생겨났으면!
달 돋는 개여울의 빈 들 속에서
내 옷의 앞자락을 불기나 하지.

우리가 굼벵이로 생겨났으면!
비 오는 저녁 캄캄한 영 기슭의
미욱한 꿈이나 꾸어를 보지.

만일에 그대가 바다 난 끝의
벼랑에 돌로나 생겨났다면,
둘이 안고 구르며 떨어나지지.

만일에 나의 몸이 불귀신이면
그대의 가슴속을 밤 도와 태워
둘이 함께 재 되어 스러지지.

길

어제도 하룻밤
나그네 집에
까마귀 까악까악 울며 새웠소.

오늘은
또 몇십 리
어디로 갈까.

산으로 올라갈까
들로 갈까
오라는 곳이 없어 나는 못 가오.

말 마소 내 집도
정주 곽산
차 가고 배 가는 곳이라오.

여보소 공중에

저 기러기
공중엔 길 있어서 잘 가는가?

여보소 공중에
저 기러기
열십자 복판에 내가 섰소.

갈래갈래 갈린 길
길이라도
내게 바이 갈 길은 하나 없소.

개여울

당신은 무슨 일로
그리합니까?
홀로이 개여울에 주저앉아서

파릇한 풀포기가
돋아 나오고
잔물은 봄바람에 해적일 때에

가도 아주 가지는
않노라시던
그러한 약속이 있었겠지요

날마다 개여울에
나와 앉아서
하염없이 무엇을 생각합니다

가도 아주 가지는

않노라심은

굳이 잊지 말라는 부탁인지요

가는 길

그립다
말을 할까
하니 그리워

그냥 갈까
그래도
다시 더 한 번……

저 산에도 까마귀, 들에 까마귀,
서산에는 해 진다고
지저귑니다.

앞 강물, 뒷 강물,
흐르는 물은
어서 따라오라고 따라가자고
흘러도 연달아 흐릅디다려.

왕십리

비가 온다
오누나
오는 비는
올지라도 한 닷새 왔으면 좋지.

여드레 스무날엔
온다고 하고
초하루 삭망이면 간다고 했지.
가도 가도 왕십리(往十里) 비가 오네.

웬걸, 저 새야
울려거든
왕십리 건너가서 울어나 다오,
비 맞아 나른해서 벌새가 운다.

천안에 삼거리 실버들도
촉촉히 젖어서 늘어졌다데.

비가 와도 한 닷새 왔으면 좋지.
구름도 산마루에 걸려서 운다.

원앙침(鴛鴦枕)

바드득 이를 갈고
죽어 볼까요
창가에 아롱아롱
달이 비친다

눈물은 새우잠의
팔굽 베개요
봄꿩은 잠이 없어
밤에 와 운다.

두동달이베개는
어디 갔는고
언제는 둘이 자던 베갯머리에
〈죽자 살자〉 언약도 하여 보았지.

봄메의 멧기슭에
우는 접동도

내 사랑 내 사랑
좋이 울겠다.

두동달이베개는
어디 갔는고
창가에 아롱아롱
달이 비친다.

무심(無心)

시집와서 삼 년
오는 봄은
거친 벌 난 벌에 왔습니다

거친 벌 난 벌에 피는 꽃은
졌다가도 피노라 이릅디다
소식 없이 기다린
이태 삼 년

바로 가던 앞 상이 간 봄부터
굽이 돌아 휘돌아 흐른다고
그러나 말 마소, 앞 여울의
물빛은 예대로 푸르렀소

시집와서 삼 년
어느 때나
터진개* 개여울의 여울물은
거친 벌 난 벌에 흘렀습니다.

산

산새도 오리나무
위에서 운다
산새는 왜 우나, 시메산골
영 넘어가려고 그래서 울지.

눈은 내리네, 와서 덮이네.
오늘도 하룻길
칠팔십 리
돌아서서 육십 리는 가기도 했소.

불귀(不歸), 불귀, 다시 불귀,
삼수갑산에 다시 불귀.
사나이 속이라 잊으련만,
십오 년 정분을 못 잊겠네.

산에는 오는 눈, 들에는 녹는 눈.
산새도 오리나무

위에서 운다.

삼수갑산 가는 길은 고개의 길.

진달래꽃

나 보기가 역겨워
가실 때에는
말없이 고이 보내 드리오리다

영변에 약산
진달래꽃
아름 따다 가실 길에 뿌리오리다

가시는 걸음걸음
놓인 그 꽃을
사뿐히 즈려밟고 가시옵소서

나 보기가 역겨워
가실 때에는
죽어도 아니 눈물 흘리오리다

삭주구성

물로 사흘 배 사흘
먼 삼천 리
더더구나 걸어 넘는 먼 삼천 리
삭주구성(朔州龜城)은 산을 넘은 육천 리요

물 맞아 함빡이 젖은 제비도
가다가 비에 걸려 오노랍니다
저녁에는 높은 산
밤에 높은 산

삭주구성은 산 너머
먼 육천 리
가끔가끔 꿈에는 사오천 리
가다 오다 돌아오는 길이겠지요

서로 떠난 몸이길래 몸이 그리워
님을 둔 곳이길래 곳이 그리워

못 보았소 새들도 집이 그리워
남북으로 오며 가며 아니합디까

들 끝에 날아가는 나는 구름은
밤쯤은 어디 바로 가 있을 텐고
삭주구성은 산 너머
먼 육천 리

널

성촌(城村)의 아가씨들
널 뛰누나
초파일 날이라고
널을 뛰지요

바람 불어요
바람이 분다고!
담 안에는 수양의 버드나무
채색 줄 층층 그네 매지를 말아요

담 밖에는 수양의 늘어진 가지
늘어진 가지는
오오 누나!*
휘젓이 늘어져서 그늘이 깊소

좋다 봄날은
몸에 겹지

널 뛰는 성촌의 아가씨네들
널은 사랑의 버릇이라오

춘향과 이도령

평양에 대동강은
우리나라에
곱기로 으뜸가는 가람이지요

삼천리 가다 가다 한가운데는
우뚝한 삼각산이
솟기도 했소

그래 옳소 내 누님, 오오 누이님
우리나라 섬기던 한 옛적에는
춘향과 이도령도 살았다지요

이편에는 함양, 저편에 담양,
꿈에는 가끔가끔 산을 넘어
오작교 찾아 찾아 가기도 했소

그래 옳소 누이님 오오 내 누님

해 돋고 달 돋아 남원 땅에는
성춘향 아가씨가 살았다지요

접동새

접동

접동

아우래비 접동

진두강 가람가에 살던 누나는

진두강 앞 마을에

와서 웁니다

옛날, 우리 나라

먼 뒤쪽의

진두강 가람가에 살던 누나는

의붓어미 시샘에 죽었습니다

누나라고 불러 보랴

오오 불설워*

시새움에 몸이 죽은 우리 누나는

죽어서 접동새가 되었습니다

>

아홉이나 남아 되던 오랩동생을
죽어서도 못 잊어 차마 못 잊어
야삼경 남 다 자는 밤이 깊으면
이 산 저 산 옮아가며 슬피 웁니다.

집 생각

산에나 올라서서
바다를 보라
사면에 백열 리, 창파(滄波) 중에
객선만 중중…… 떠나간다.

명산대찰이 그 어디메냐
향안(香案), 향탑(香榻), 대그릇에
석양이 산머리 넘어가고
사면에 백열 리, 물소리라

〈젊어서 꽃 같은 오늘날로
금의(錦衣)로 환고향(還故鄕)하옵소서.〉
객선만 중중…… 떠나간다
사면에 백열 리, 나 어찌 갈까

까투리도 산속에 새끼 치고
타관만리에 와 있노라고

산중만 바라보며 목메인다
눈물이 앞을 가린다고

들에나 내려오면
치어다보라
해님과 달님이 넘나든 고개
구름만 첩첩…… 떠돌아 간다

산유화

산에는 꽃 피네
꽃이 피네
갈 봄 여름 없이
꽃이 피네

산에
산에
피는 꽃은
저만치 혼자서 피어 있네

산에서 우는 작은 새요
꽃이 좋아
산에서
사노라네

산에는 꽃 지네
꽃이 지네

갈 봄 여름 없이
꽃이 지네

꽃 촉불 켜는 밤

꽃 촉불 켜는 밤

꽃 촉불 켜는 밤, 깊은 골방에 만나라.
아직 젊어 모를 몸, 그래도 그들은
〈해달같이 밝은 맘, 저저마다 있노라.〉
그러나 사람은 한두 번만 아니라, 그들은 모르고.

꽃 촉불 켜는 밤, 어스러한 창 아래 만나라.
아직 앞길 모를 몸, 그래도 그들은
〈솔대같이 굳은 맘, 저저마다 있노라.〉
그러나 세상은, 눈물 날 일 많아라, 그들은 모르고.

부귀공명

거울 들어 마주한 내 얼굴을
좀 더 미리부터 알았던들,
늙는 날 죽는 날을
사람은 다 모르고 사는 탓에,
오오 오직 이것이 참이라면,
그러나 내 세상이 어디인지?
지금부터 두어둘 좋은 연광(年光)
다시 와서 내게도 있을 말로
전보다 좀 더 전보다 좀 더
살음 직이 살는지 모르련만.
거울 들어 마주한 내 얼굴을
좀 더 미리부터 알았던들!

추회(追悔)

나쁜 일까지도 생의 노력,

그 사람은 선사(善事)도 하였어라

그러나 그것도 허사라고!

나 역시 알지마는, 우리들은

끝끝내 고개를 넘고 넘어

짐 싣고 닫던 말도 순막집의

허청(虛廳)*가, 석양 손에

고요히 조는 한때는 다 있나니,

고요히 조는 한때는 다 있나니.

무신(無信)

그대가 돌이켜 물을 줄도 내가 아노라,
〈무엇이 무신함이 있더냐?〉 하고,
그러나 무엇하랴 오늘날은
야속히도 당장에 우리 눈으로
볼 수 없는 그것을, 물과 같이
흘러가서 없어진 맘이라고 하면.

검은 구름은 멧기슭에서 어정거리며,
애처롭게도 우는 산의 사슴이
내 품에 속속들이 붙안기는 듯.
그러나 밀물도 쎄이고* 밤은 어두워
닻 주었던 자리는 알 길이 없어라.
시정(市井)의 흥정 일은
외상으로 주고받기도 하건마는.

꿈길

물구슬의 봄 새벽 아득한 길
하늘이며 들 사이에 넓은 숲
젖은 향기 불긋한 잎 위의 길
실그물의 바람 비쳐 젖은 숲
나는 걸어가노라 이러한 길
밤저녁의 그늘진 그대의 꿈
흔들리는 다리 위 무지개 길
바람조차 가을 봄 거츠는* 꿈

사노라면 사람은 죽는 것을

하루라도 몇 번씩 내 생각은
내가 무엇 하려고 살려는지?
모르고 살았노라, 그럴 말로
그러나 흐르는 저 냇물이
흘러가서 바다로 든달진댄.
일로조차 그러면, 이내 몸은
애쓴다고는 말부터 잊으리라.
사노라면 사람은 죽는 것을
그러나, 다시 내 몸,
봄빛의 불붙는 사태흙에
집 짓는 저 개미
나도 살려 하노라, 그와 같이
사는 날 그날까지
삶에 즐거워서,
사는 것이 사람의 본뜻이면
오오 그러면 내 몸에는
다시는 애쓸 일도 더 없어라
사노라면 사람은 죽는 것을.

하다못해 죽어 달내가 올나

아주 나는 바랄 것 더 없노라
빛이랴 허공이랴,
소리만 남은 내 노래를
바람에나 띄워서 보낼 밖에.
하다못해 죽어 달내가 올나
좀 더 높은 데서나 보았으면!

한세상 다 살아도
산 뒤 없을 것을,
내가 다 아노라 지금까지
살아서 이만큼 자랐으니.
예전에 지내 본 모든 일을
살았다고 이를 수 있을진댄!

물가의 닳아져 널린 굴 꺼풀에
붉은 가시덤불 벋어 늙고
어둑어둑 저문 날을

비바람에 울지는* 돌무더기
하다못해 죽어 달내가 올나
밤의 고요한 때라도 지켰으면!

희망

날은 저물고 눈이 내려라
낯선 물가로 내가 왔을 때.
산속의 올빼미 울고 울며
떨어진 잎들은 눈 아래로 깔려라.

아아 숙살(肅殺)스러운 풍경이여
지혜의 눈물을 내가 얻을 때!
이제금 알기는 알았건마는!
이 세상 모든 것을
한갓 아름다운 눈어림의
그림자뿐인 줄을.

이울어 향기 깊은 가을밤에
우무지러진* 나무 그림자
바람과 비가 우는 낙엽 위에.

전망

부엿한 하늘, 날도 채 밝지 않았는데,
흰 눈이 우멍구멍 쌓인 새벽,
저 남편(便) 물가 위에
이상한 구름은 층층대 떠올라라.

마을 아기는
무리 지어 서재로 올라들 가고,
시집살이하는 젊은이들은
가끔가끔 우물길 나들어라.

소삭(消索)한* 난간 위를 거닐며
내가 볼 때 온 아침, 내 가슴의,
좁혀 옮긴 그림장(張)이 한옆을,
한갓 더운 눈물로 어룽지게.

어깨 위에 총 맨 사냥바치
반백의 머리털에 바람 불며

한번 달음박질. 올 길 다 왔어라.

흰 눈이 만산편야(滿山遍野) 쌓인 아침.

나는 세상 모르고 살았노라

〈가고 오지 못한다〉는 말을
철없던 내 귀로 들었노라.
만수산 올라서서
옛날에 갈라선 그 내 님도
오늘날 뵈올 수 있었으면.

나는 세상 모르고 살았노라,
고락에 겨운 입술로는
같은 말도 조금 더 영리하게
말하게도 지금은 되었건만.
오히려 세상 모르고 살았으면!

〈돌아서면 무심타〉는 말이
그 무슨 뜻인 줄을 알았으랴.
제석산 붙는 불은 옛날에 갈라선 그 내 님의
무덤의 풀이라도 태웠으면!

금잔디

금잔디

잔디,

잔디,

금잔디,

심심산천에 붙는 불은

가신 님 무덤가에 금잔디.

봄이 왔네, 봄빛이 왔네.

버드나무 끝에도 실가지에.

봄빛이 왔네, 봄날이 왔네,

심심산천에도 금잔디에.

강촌

날 저물고 돋는 달에
흰 물은 솰솰……
금모래 반짝…….
청노새 몰고 가는 낭군!
여기는 강촌
강촌에 내 몸은 홀로 사네.
말하자면, 나도 나도
늦은 봄 오늘이 다 진(盡)토록
백년처권(百年妻眷)을 울고 가네.
길쎄 저문 나는 선비,
당신은 강촌에 홀로 된 몸.

첫 치마

봄은 가나니 저문 날에,
꽃은 지나니 저문 봄에,
속없이 우나니, 지는 꽃을,
속없이 느끼나니 가는 봄을.
꽃 지고 잎 진 가지를 잡고
미친 듯 우나니, 집난이*는
해 다 지고 저문 봄에
허리에도 감은 첫 치마를
눈물로 함빡이 쥐어짜며
속없이 우누나 지는 꽃을,
속없이 느끼누나, 가는 봄을.

달맞이

정월 대보름날 달맞이,
달맞이 달마중을, 가자고!
새라 새 옷은 갈아입고도
가슴엔 묵은 설움 그대로,
달맞이 달마중을, 가자고!
달마중 가자고 이웃집들!
산 위에 수면에 달 솟을 때,
돌아들 가자고, 이웃집들!
모작별 삼성이 떨어질 때.
달맞이 달마중을 가자고!
다니던 옛 동무 무덤가에
정월 대보름날 달맞이!

엄마야 누나야

엄마야 누나야 강변 살자,
뜰에는 반짝이는 금모래빛,
뒷문 밖에는 갈잎의 노래
엄마야 누나야 강변 살자.

닮은 꼬끼오

닭은 꼬끼오

닭은 꼬끼오, 꼬끼오 울 제,
헛잡으니 두 팔은 밀려났네.
애도 타리만치 기나긴 밤은……
꿈 깨친 뒤엔 감도록 잠 아니 오네.

위에는 청초 언덕, 곳은 깁섬,
엊저녁 대인 남포(南浦) 뱃간.
몸을 잡고 뒤채며 누웠으면
솜솜하게도 감도록 그리워 오네.

아무리 보아도
밝은 등불, 어스레한데.
감으면 눈 속엔 흰 모래밭,
모래에 어린 안개는 물 위에 슬 제

대동강 뱃나루에 해 돋아 오네.

*

16쪽 〈아득합니다〉는 원문에 〈안득입니다〉로 되어 있다.
〈어두워〉는 원문에 〈어둡는〉으로 되어 있다.

22쪽 〈찌다〉는 〈고인 물이 없어지거나 줄어들다〉라는 뜻이다.
이기문에 의하면 〈길신갈이〉는 사람이 죽은 뒤에 갈 길을 인도하기 위하여 소경을 데려다 〈길신 가린다〉는 풍습과 연관이 있다.

24쪽 〈추거운〉은 〈축축한〉이라는 의미의 평북 방언이다.

25쪽 원문에는 〈쌔울지라도〉로 되어 있다. 〈쌔우다〉는 〈싸이다〉의 방언이지만 여기서는 〈쌓다〉라는 뜻으로 보았다.

37쪽 원문에는 〈길심매고〉로 되어 있다.

38쪽 〈뒤놀다〉에는 〈몹시 흔들리다〉라는 뜻과 〈뻣뻣하게 움직이지 않다〉라는 두 가지 뜻이 있다. 이 시에서는 두 가지 뜻이 다 가능하다.

60쪽 원문에는 〈제이〉로 되어 있으나 『소월 시초』에는 〈이제!〉로 되어 있어 이를 따른다.

65쪽 〈싀멋없이〉는 무슨 생각이라고 할 만한 것도 없이 망연히 있음을 뜻한다.
〈머리낄〉은 〈머리카락〉의 평북 방언이다.

66쪽 〈오요하다〉는 〈고요하다〉 또는 〈그윽이 빛나다〉라는 뜻이다.

71쪽 원문에는 〈아르대어라〉로 되어 있다.

77쪽 〈가주〉는 〈갓〉의 평북 방언이다.

100쪽 〈순막집〉은 본래 〈숯막집〉에서 온 말로, 〈길손이 쉬어 가는 주막〉을 뜻한다.

108쪽 원문에는 〈매마자고〉로 되어 있다.

110쪽 〈어그점〉은 〈어긋남〉 또는 〈어그러짐〉라는 뜻으로 짐작된다.

118쪽 〈누잦히다〉는 〈누그러져 가라앉게 하다〉라는 뜻이다. 〈식새리〉는 〈귀뚜라미〉 또는 〈쓰르라미〉를 뜻한다.

123쪽 〈주으리다〉는 〈주리다〉의 옛말이다.

129쪽 〈바루〉는 〈어떤 곳의 근처〉라는 뜻의 평북 방언이다.

140쪽 정주 방언에서 무당이나 소경이 귀신에게 비는 말을 〈비난수〉라 한다.

145쪽 〈낸내〉는 〈연기〉의 평북 방언이다.

147쪽 〈모도리〉는 〈모서리〉의 평북 방언이다. 〈엉기하다〉는 〈엉기다〉의 방언이다. 〈씨거리다〉는 〈지껄이다〉의 뜻이다.

167쪽 〈터진개〉는 〈트여 있는 개천〉을 뜻한다.

173쪽 〈~누나〉는 감탄형 어미로, 앞의 글자가 탈자된 것으로 보인다.

177쪽 〈불서럽다〉는 〈몹시 서럽다〉라는 뜻이다.

187쪽 〈허청〉은 〈헛간으로 된 집채〉라는 뜻이다.

188쪽 〈쎄다〉는 〈쓸려 나가다〉라는 뜻의 평북 방언이다.

189쪽 〈거츠다〉는 〈거칠다〉와 〈거치다〉의 뜻이 있다.

192쪽 〈울지다〉는 〈쉼 없이 울다〉의 뜻이다.

193쪽 〈우무지러지다〉는 〈우무줄어지다〉에서 온 말로 〈우므러지다〉의 뜻이다.

194쪽 〈소삭하다〉는 〈소조하다〉와 같은 말로, 〈매우 호젓하고 쓸쓸하다〉라는 뜻이다.

201쪽 〈집난이〉는 〈시집간 딸〉을 뜻한다.

해설

김소월과 『진달래꽃』

소월의 본명은 정식이다. 그는 1902년 평안북도 정주에서 비교적 유복한 집안의 장남으로 태어났다. 그러나 일본인들의 행패로 부친이 폐인이 된 이후 가세는 기울었고, 그는 개인적으로나 시대적으로나 불행한 환경에서 성장했다. 남달리 감수성이 예민하고 정서가 풍부했던 소월은, 부친과 조국의 부재 속에서 의지할 곳을 상실하고 방황과 정한의 짧은 삶을 살다가 서른두 살의 젊은 나이로 죽었다. 그의 삶과 죽음에 대해 알려진 바는 별로 없지만, 식민지 조국의 현실과 자신의 불행한 삶을 감당하지 못하고 스스로 목숨을 끊은 것으로 보인다. 소월이 남긴 절창의 시편들은 개인과 시대의 불행을 민족적 보편 정서로 승화시킨 것이라 할 수 있다.

소월은 오산학교와 배재고보를 졸업하고, 도쿄(東京)대학 상대를 중퇴하였다. 오산학교 시절, 스승인 안서 김억에게서 문학적 재능을 인정받고 1920년 무렵부터 시를 발표하기 시작했다. 〈그가 자신의 길을 민요에서 발견하고 「삭주구성」으로 문단에 데뷔했을 때, 스승 안서를 비롯

하여 온 문단은 이 놀라운 천재의 출현에 입을 딱 벌렸다〉라는 김동인의 회고와 같이, 소월은 등단 초부터 최고의 시인으로 주목을 받았다. 그러나 소월은 어디에서도 자신의 젊음을 의지할 곳을 찾지 못하고 오산, 서울, 일본, 정주, 구성 등지를 방황하면서 그 번민과 한스러운 마음을 시로 써냈다. 그것은 스무 살 전후의 불행한 젊은이가 토해 낸 울음과 같은 것으로, 소월의 대표시들은 대체로 이 시기에 씌어진 것들이다. 소월 시의 명편이면서 동시에 한국 현대시의 명편인 「진달래꽃」, 「산유화」, 「초혼」, 「삭주구성」, 「가는 길」 등이 모두 그러하다. 소월은 1925년 이 시들을 묶어 시집을 출간하는데 『진달래꽃』이 바로 그 시집이다.

『진달래꽃』은 전체 16장 126편으로 되어 있다. 1925년 12월 26일 서울 매문사(賣文社)에서 출간되었으며, 가격은 1원 20전이었다. 제목은 『진달내꽃』이라고 되어 있다. 소월은 이후에도 좋은 시를 여럿 남겼지만, 이 시집이 소월 시의 거의 전부라 해도 지나친 말은 아니다. 『진달래』는 한국 현대시에서 최초로 널리 주목받은 시집이다. 그리고 가장 폭넓게 또 가장 오랫동안 사랑을 받고 있는 시집이다. 그는 흔히 민족시인으로 불린다. 김소월은 아직도 우리 민족에게 가장 친숙한 시인이다.

소월 시의 매력은 우선 운율에서 온다. 그의 시는 자유시이지만 거의 정형시에 가까운 리듬감을 지닌다. 소월은 민요와 같은 전통시가의 율조를 창조적으로 계승하고 변형시켜 민족의 보편적 감성에 호소하는 운율을 만들어 냈다. 소월 시의 운율은 당시 우리나라 사람들에게 가장 익숙한 리듬이면서 동시에 가장 새로운 시적 형식이었다. 〈산에는 / 꽃 피네 / 꽃이 피네 / 갈 봄 여름 없이 / 꽃이 피네〉 혹은 〈접동 접동 / 아우래비 접동 / 진두강 가람가에 살던 누나는 / 진두강 앞마을에 / 와서 웁니다〉와 같은 구절 속에서 만나는 운율의 아름다움과 호소력은 오늘날에도 변함이 없으며, 시의 고향이 음악임을 새삼 일깨워 준다. 한국 현대시의 음악적 형식은 『진달래꽃』에서 완성되었다고 할 수 있다.

소월 시의 또 다른 매력은 그 친근한 언어에 있다. 그는 일상에서 자주 쓰이는 쉬운 우리말로 시를 지었다. 당시 일본어를 비롯한 외래어의 어휘와 어투가 유행했으나, 소월은 서민들의 일상적인 언어를 주로 사용하였다. 그의 시가 소박하고 친근한 느낌을 주면서 민족적 보편 정서에 호소할 수 있게 된 데는 그 언어의 힘이 크다. 소월 시 가운데서도 특히 애송되는 「산유화」, 「진달래꽃」 같은 시들은 가장 널리 사용되는 기초적인 어휘들만으로 되어 있다. 그는 일상적인 언어가 지닌 정서적 환기력과 호소력을 일찍 깨닫고 적극 활용한 시인이다. 소월 시의 아름다운 운율과 쉬운 언어는 그의 시를 민요처럼 친근하게 만들었다.

소월 시의 친근함은 시의 내용과도 관련이 있다. 소월은 끊임없이 떠나간 님을 그리워하고 또 돌아갈 집을 그리워한 시인이다. 그리고 어디로 가야 할지 몰라 길에서 서성이던 시인이다. 다시 말해 소월에게는 님도 없었고, 집도 없었고, 가야 할 길도 없었다. 님과 집과 길은 인간의 가장 기본적인 욕구의 대상이다. 그래서 예부터 시인들은 님과 집에 대한 그리움을 애타게 노래했으며, 길 잃은 자의 번민을 노래하여 뭇사람들의 심금을 울렸다. 님과 집과 길에 대한 그리움은 어느 시대라도 간절한 것이지만, 특히 소월이 살았던 시대에는 너무나 절실한 것이었다. 나라를 빼앗기고 또 오랫동안 의지하고 살았던 삶의 터전과 방식도 빼앗기고 비참하게 방황해야 했던 식민지 백성들에게 소월의 시는 그대로 자신들의 심정을 대신 노래한 것이 되었다. 게다가 소월의 시는 그 상실의 고통을 정한의 정서로 표출함으로써 민족적 감성의 근원에 호소했다. 예를 들어 「진달래꽃」이나 「산유화」, 「엄마야 누나야」 같은 시에 들어 있는 마음의 결은 고려가요나 백제가요와 맥이 통하는 것이라고 할 수 있다.

그러나 소월의 시가 과거지향적이고 고답적인 것만은 아니다. 시집 『진달래꽃』을 읽다 보면, 의외로 낭만적 열정이나 근대적 자아의 고뇌가 강하게 느껴진다. 그리고 우리 전통 시가에서는 잘 만날 수 없었던 감각과 육체의 구체성이 느껴지기도 한다. 소월 시는 한국 현대시의 출발에 위치하면서 서구 편향적인 유행에 휩쓸리지도 않고 또 전통의 고답적인 답습에도 머무르지 않으며 스스로 새로운 가능성을 모색하였다. 소월 시는 전통 시가의 정서와 형식을 창조적으로 계승하여 현대시의 물꼬를 텄으며, 이로써 이후 한국 서정시의 전범이 되었다. 시집 『진달래꽃』은 한국 서정시의 신화요, 원형이라고 말할 수 있다.

이남호(고려대학교 명예교수)

편자의 말

한국 현대시를 대표할 만한 시집들의 초간본을 다시 출간하는 일은 과거를 오늘에 되살리는 일이라기보다는 점점 과거 속으로 사라져 가는 것에 새로운 생명을 부여하여 여전히 오늘의 것이 되게 하는 일이라고 생각한다. 한국 현대시 100년의 역사는 많은 훌륭한 시집을 남겼다. 많은 훌륭한 시집들이 모여서 한국 현대시 100년의 풍요를 이루었다고 말할 수도 있다. 그러한 시집들을 계속 살아 있게 하는 일은 시를 사랑하는 사람의 의무일 것이다.

그러나 이러한 작업은 겉으로 드러나지 않는 수고와 신중함을 많이 요구한다. 첫째는 대표 시인을 선정하는 어려움이다. 수많은 시집들을 편견 없이 재검토해야 하는 수고도 수고지만, 선정과 배제의 경계에 있는 시집들에 대해서는 많은 망설임과 논의가 있어야 했다. 대표 시인 선정 작업이 높은 안목과 보편타당한 기준에 의해서 이루어졌는지는 시간을 두고 전문 독자들에 의해서 판단될 것이다.

두 번째 어려움은 표기에 관련된 것이다. 사실 20세기 전반기의 우리 출판과 한글 표기법의 수준은 보잘것없다.

맞춤법, 띄어쓰기, 행 가름, 연 가름 등에는 혼란스러운 곳이 많고 오식으로 보이는 부분들도 많다. 그것들은 오늘날의 독자들에게 혼란과 거북함을 줄 뿐만 아니라, 작품의 이해를 방해하기도 한다. 그리고 다른 지면에 인용될 때마다 표기가 달라지는 결과를 낳기도 한다. 근대 초기의 많은 문학 작품들을 오늘날의 표기법으로 잘 고쳐서 결정본을 확정 짓는 작업이 시급하다고 할 수 있다. 이러한 생각에서 시적 효과를 지나치게 훼손하지 않는 범위 안에서 표기를 오늘에 맞게 고쳤다. 그러나 시의 속성상 표기를 고치는 일은 조심스럽지 않을 수 없다. 단어 하나, 표현 하나마다 시적 효과와 현재의 표기법 그리고 일관성을 고려해서 번역 아닌 번역 작업을 해야 했다. 이러한 작업이 원문의 분위기를 어느 정도 훼손하는 것은 어쩔 수 없었다. 또 어떻게 고쳐야 할지 판단이 서지 않는 부분도 꽤 있었다. 어쩌면 표기와 관련해서 노력한 만큼의 성과를 얻지 못했는지도 모른다. 그러나 이러한 작업의 축적을 통해서 작품의 결정본을 만들어 나갈 수 있을 것이며, 또한 오늘의 독자에게 친숙한 작품이 될 수 있을 것이다.

초간본의 재출간 아이디어를 최초로 낸 사람은 열린책들의 홍지웅 사장이다. 그분의 남다른 문학 사랑과 출판 감각 그리고 이 작업에 대한 전폭적인 지원에 존경심을 표하고 싶다. 그리고 시집 선정과 표기 수정 및 기타 작업은 이혜원, 신지연, 하재연 선생과 팀을 이루어 했다. 이분들의 꼼꼼함과 성실함에도 존경심을 표하고 싶다. 이 총서가 문학 연구자들뿐만 아니라 일반 독자들에게도 널리 그리고 오래 사랑받기를 바란다.

이남호

한국 시집 초간본 100주년 기념판

진달래꽃

지은이 김소월 김소월은 1902년 평안북도 정주에서 태어났다. 본명은 정식이며 오산중학교와 배재고보, 일본 도쿄 대학에서 수학하였다. 오산학교 시절 스승인 김억에게서 문학적 재능을 인정받고 1920년 무렵부터 시를 발표하기 시작하였다. 스무 살 전후에 쓴 「진달래꽃」, 「산유화」, 「초혼」 등의 시를 묶어 1925년에 펴낸 시집 『진달래꽃』은 한국 서정시의 신화이자 원형으로 평가받는다. 1934년 서른둘의 나이로 작고했다.

지은이 김소월 **책임편집** 이남호 **발행인** 홍예빈 · 홍유진
발행처 주식회사 열린책들 **주소** 경기도 파주시 문발로 253 파주출판도시
전화 031-955-4000 **팩스** 031-955-4004 **홈페이지** www.openbooks.co.kr

ISBN 978-89-329-2212-6 04810 **ISBN** 978-89-329-2209-6 (세트)
발행일 2022년 3월 25일 초간본 100주년 기념판 1쇄

초간본 간기(刊記) 인쇄 다이쇼(大正) 14년 12월 23일 **발행** 다이쇼 14년 12월 26일 **정가** 1원 20전 **저작 겸 발행자** 김정식(경성부 연건동 121번지) **인쇄자** 노기정(경성부 견지동 32번지) **인쇄소** 한성도서주식회사(경성부 견지동 32번지) **발행소** 매문사(경성부 연건동 121번지) 진체(振替) 경성 13832 **총판매소** 한성도서주식회사(경성부 견지동 32번지) 진체 경성 7660번 전화 광화문 1479번